열두 개의 달 시화집 플러스 六月

이파리를 흔드는 저녁바람이

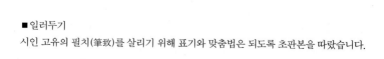

■일러두기

시인 고유의 필치(筆致)를 살리기 위해 표기와 맞춤법은 되도록 초판본을 따랐습니다.

이파리를 흔드는 저녁바람이

열두 개의 달 시화집 플러스 六月.

윤동주 외 지음 ― 에드워드 호퍼 그림

DWARD HOPPER

저녁달

차례

그 노래

장정심

시보다 더 고운 노래
꽃보다 더 고운 노래
물결이 헤어지듯이
가만한 노래가 듣고 싶소

듣도록 더 듣고 싶은 그 노래
이제는 도무지 들을 수 없으니
어디로 가면은 들여 주려오
맑고도 곱고도 다정한 그 노래

병상에 와서도 위로해 주고
고적할 그때도 불러 주고
분주한 그날에 도와주든
고상하고 다정한 그 노래

침묵의 벗 노래의 벗
그보다 미소의 벗이여
봄에 오려오 가을에 오려오
꿈에라도 그 노래 다시 들려주시오

나무

나무가 춤을 추면
바람이 불고,
나무가 잠잠하면
바람도 자오.

첫여름

윤곤강

들에 괭잇날
비눌처럼 빛나고
풀 언덕엔
암소가 기일게 운다

냇가로 가면
어린 바람이 버들잎을
물처럼 어루만지고 있었다

三六

개똥벌레

윤곤강

저만이 어둠을 꿰매는 양
꽁무니에 등불을 켜 달고 다닌다

반디불

윤동주

가자 가자 가자
숲으로 가자
달조각을 주으러
숲으로 가자.

── 그믐밤 반디불은
── 부서진 달조각,

가자 가자 가자
숲으로 가자
달조각을 주으러
숲으로 가자.

여름밤의 풍경

노자영

새벽 한 시 울타리에 주렁주렁 달린 호박꽃엔
한 마리 반딧불이 날 찾는 듯 반짝거립니다.
아, 멀리 계신 님의 마음 반딧불 되어 오셨습니까?
삼가 방문을 열고 맨발로 마중 나가리다.

창 아래 잎잎이 기름진 대추나무 사이로
진주같이 작은 별이 반짝거립니다.
당신의 고운 마음 별이 되어 날 부르시나이까?
자던 눈 고이 닦고 그 눈동자 바라보리다.

후원 담장 밑에 하얀 박꽃이 몇 송이 피어
수줍은 듯 홀로 내 침실을 바라보나이다.
아, 님의 마음 저 꽃이 되어 날 지키시나이까?
나도 한 줄기 미풍이 되어 당신 귀에 불어가리다.

숲 향기 숨길

김영랑

숲 향기 숨길을 가로막았소
발 끝에 구슬이 깨이어지고
달 따라 들길을 걸어다니다
하룻밤 여름을 새워 버렸소

여름밤이 길어요

한용운

당신이 계실 때에는 겨울밤이 쩌르더니 당신이
가신 뒤에는 여름밤이 길어요
책력의 내용이 그릇되었나 하였더니 개똥불이
흐르고 벌레가 웁니다
긴 밤은 어디서 오고 어디로 가는 줄을 분명히
알았습니다
긴 밤은 근심바다의 첫 물결에서 나와서 슬픈
음악이 되고 아득한 사막이 되더니 필경 절망의
성(城) 너머로 가서 악마의 웃음 속으로
들어갑니다

그러나 당신이 오시면 나는 사랑의 칼을 가지고
긴 밤을 깨어서 일천(一千) 토막을 내겠습니다
당신이 계실 때는 겨울밤이 쩌르더니 당신이 가신
뒤는 여름밤이 길어요

정주성

산(山)턱 원두막은 뷔였나 불빛이 외롭다
헝겊심지에 아즈까리 기름의 쪼는 소리가 들리는
듯하다

잠자리 조을든 문허진 성(城)터
반딧불이 난다 파란 혼(魂)들 같다
어데서 말 있는 듯이 크다란 산(山)새 한 마리 어두운
골짜기로 난다

헐리다 남은 성문(城門)이
한울빛같이 훤하다
날이 밝으면 또 메기수염의 늙은이가 청배를 팔러
올 것이다

산림(山林)

윤동주

시계(時計)가 자근자근 가슴을 때려
불안(不安)한 마음을 산림이 부른다.

천년(千年) 오래인 연륜(年輪)에 짜들은 유암(幽暗)한 산림이,
고달픈 한몸을 포옹(抱擁)할 인연(因緣)을 가졌나 보다.

산림의 검은 파동(波動) 위로부터
어둠은 어린 가슴을 짓밟고

이파리를 흔드는 저녁바람이
쏴— 공포(恐怖)에 떨게 한다.

멀리 첫여름의 개구리 재질댐에
흘러간 마을의 과거(過去)는 아질타.

나무틈으로 반짝이는 별만이
새날의 희망(希望)으로 나를 이끈다.

이름을 듣고
또 다시 보게 되네
풀에 핀 꽃들

名を聞いてまた見直すや草の花

미사부로 데이지

하몽(夏夢)

넓고 망망한 이 지구 위엔
산도 바다도 소나무도 야자수도
빌딩도 전신주도 레일도 없는

오직 불그레한 복숭아꽃 노 — 란 개나리꽃만
빈틈없이 덮인 꽃 바다 꽃 숲이었다

노 — 란 바다 불그레한 숲 그 속에서
리본도 넥타이도 스타킹도 없는 발가벗은 몸뚱이로
영원한 청춘을 노래하였다

무상(無像)의 조각처럼
영원히 피곤도 싫증도 모르고

영원히 밝고 영원히 개인 날에

나는 손으로 기타를 치면서
발로는 댄서를 하였다

그것은 무거운 안개가 땅을 덮은
무덥고 별없는 어느 여름밤 꿈이었다

송인(送人)

정지상

雨歇長堤草色多 우헐장제초색다
送君南浦動悲歌 송군남포동비가
大同江水何時盡 대동강수하시진
別淚年年添綠波 별루년년첨록파

비 개인 긴 언덕에는 풀빛이 푸른데
그대를 남포에서 보내며 슬픈 노래 부르네
대동강 물은 그 언제 다할 것인가
이별의 눈물 해마다 푸른 물결에 더하는 것을

보기 좋아라
내 사랑하는 님의
새하얀 부채

目に嬉し恋君の扇真白なる

요사 부손

가슴 1

윤동주

소리 없는 북,
답답하면 주먹으로
뚜드려 보오.

그래 봐도
후—
가—는 한숨보다 못하오.

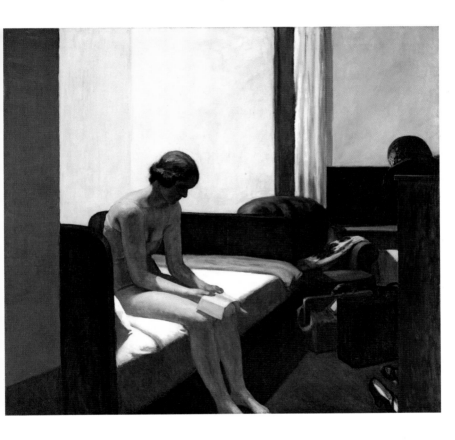

쉽게 쓰여진 시

윤동주

창 밖에 밤비가 속살거려
육첩방(六疊房)은 남의 나라,

시인이란 슬픈 천명인 줄 알면서도
한 줄 시를 적어볼까.

땀내와 사랑내 포근히 품긴
보내주신 학비봉투를 받아

대학 노트를 끼고
늙은 교수의 강의 들으러 간다.

생각해보면 어린 때 동무를
하나, 둘, 죄다 잃어버리고

나는 무얼 바라
나는 다만, 홀로 침전하는 것일까?

인생은 살기 어렵다는데
시가 이렇게 쉽게 쓰여지는 것은
부끄러운 일이다.

육첩방은 남의 나라
창 밖에 밤비가 속살거리는데

등불을 밝혀 어둠을 조금 내몰고
시대처럼 올 아침을 기다리는 최후의 나,

나는 나에게 작은 손을 내밀어
눈물과 위안으로 잡은 최초의 악수.

아침

윤동주

휙, 휙, 휙,
소꼬리가 부드러운 채찍질로
어둠을 쫓아
캄, 캄, 어둠이 깊다 깊다 밝으오.

이제 이 동리의 아침이
풀살 오는 소엉덩이처럼 푸르오.
이 동리 콩죽 먹은 사람들이
땀물을 뿌려 이 여름을 길렀소.

잎, 잎, 풀잎마다 땀방울이 맺혔소.

꾸김살 없는 이 아침을
심호흡하오 또 하오.

몽미인(夢美人)

변영로

꿈이면 가지는 그 길
꿈이면 들리는 그 집
꿈이면 만나는 그 이

어느결 가지는 그 길
언제나 낯익은 그 길
웃잖고 조용한 그 얼굴

커다란 유심한 그 눈
담은 채 말 없는 그 입
잡으랴 놓치는 그 모습

어찌다 깨이면 그 꿈
서글기 끝 없네 내 마음
다시금 잠 들랴 헛된 일

딱딱한 포도(舖道)를 걸으며
짝 잃은 나그네 홀로서
희미한 그 모습 더듬네

머잖아 깊은 잠 들 때엔
밤낮에 못 잊은 그대를
그 길가 그 집서 뫼시리.

사랑

황석우

사랑은 잿갈거리기 잘하는
제비의 혼(魂)!
그들은 사람들의 입술 위의 추녀 끝에
보금자리를 치고 있다

한 조각 하늘

박용철

무심한 눈을 들창으로 치어들다,
한 조각 푸른 하늘이 눈에 뜨이어

이 얼마 하늘을 잊고 살던 일이 생각되여
잊어버렸든 귀한 것을 새로 찾은 듯싶어라.

네 벽 좁은 방 안에 있는 마음이 뛰어
눈에 거칠 것 없는 들녘 언덕 위에

둥그런 하늘을 온통 차일 삼고
바위나 어루만지며 서 있는 듯 기뻐라.

그대는 호령도 하실 만하다

김영랑

창랑에 잠방거리는 흰 물새러냐
그대는 탈도 없이 태연스럽다

마을 휩쓸고 목숨 앗아간
간밤 풍랑도 가소롭구나

아침 날빛에 돛 높이 달고
청산아 보아라 떠나가는 배

바람은 차고 물결은 치고
그대는 호령도 하실 만하다

유월

윤곤강

보리 누르게 익어
종달이 하늘로 울어 날고
멍가나무의 빨간 열매처럼
나의 시름은 익는다

병원

살구나무 그늘로 얼굴을 가리고, 병원 뒤뜰에 누워,
젊은 여자가 흰 옷 아래로 하얀 다리를 드러내 놓고
일광욕을 한다. 한나절이 기울도록 가슴을 앓는다는
이 여자를 찾아오는 이, 나비 한 마리도 없다.
슬프지도 않은 살구나무 가지에는 바람조차 없다.

나도 모를 아픔을 오래 참다 못해 처음으로 이 곳을
찾아 왔다. 그러나 나의 늙은 의사는 젊은이의 병을
모른다. 나한테는 병이 없다고 한다. 이 지나친 시련,
이 지나친 피로, 나는 성내서는 안 된다.

여자는 자리에서 일어나 옷깃을 여미고 화단에서
금잔화 한 포기를 따 가슴에 꽂고 병실 안으로
사라진다. 나는 그 여자의 건강이— 아니 나의
건강도 속히 회복되길 바라며 그가 누웠던 자리에
누워 본다.

밤

정지용

二十四日

눈 머금은 구름 새로
힌달이 흐르고,

처마에 서린 탱자나무가 흐르고,

외로운 촉불이, 물새의 보금자리가 흐르고……

표범 껍질에 호젓하이 쌓이여
나는 이 밤, 「적막한 홍수」를 누어 건늬다.

가로수(街路樹)

윤동주

가로수(街路樹), 단촐한 그늘밑에
구두술 같은 헤ㅅ바닥으로
무심(無心)히 구두술을 할는 시름.

때는 오정(午正). 싸이렌,
어디로 갈 것이냐?

□시 그늘은 맴돌고.
따라 사나이도 맴돌고.

내렸다가 그치고
불었다가 그치는
밤의 고요

降り止みし吹きやみし夜のさゆるなり

오스가 오쓰지

눈 감고 간다

태양을 사모하는 아이들아
별을 사랑하는 아이들아

밤이 어두웠는데
눈 감고 가거라.

가진 바 씨앗을
뿌리면서 가거라.

발뿌리에 돌이 채이거든
감았던 눈을 왓작 떠라.

개

윤동주

「이 개 더럽잖니」
아——니 이웃집 덜렁 수캐가
오늘 어슬렁어슬렁 우리집으로 오더니
우리집 바둑이의 밑구멍에다 코를 대고
씩씩 내를 맡겠지 더러운 줄도 모르고,
보기 흉해서 막 차며 욕해 쫓았더니
꼬리를 휘휘 저으며
너희들보다 어떻겠냐 하는 상으로
뛰어가겠지요 나——참.

바람과 노래

김명순

二十九日

떠오르는 종다리 지종지종하매
바람은 옆으로 애끓이더라
서창(西窓)에 기대 선 처녀
임에게 드리는 노래 바람결에 부치니
바람은 쏜살같이 남으로 불어가더라

유월이 오면, 인생은 아름다워라!

로버트 브리지스

유월이 오면 날이 저물도록
향기로운 건초 속에 사랑하는 이와 앉아
잔잔함 바람 부는 하늘 높은 곳 흰 구름이 짓는,
햇살 비추는 궁궐도 바라보겠소.
나는 노래를 만들고, 그녀는 노래하고,
남들이 보지 못하는 건초더미 보금자리에,
아름다운 시를 읽어 해를 보내오.
오, 유월이 오면, 인생은 아름다워라!

Life is delight when June is come

Robert Seymour Bridges

When June is come, then all the day,
I'll sit with my love in the scented hay,
And watch the sunshot palaces high
That the white clouds build in the breezy sky.
She singth, and I do make her a song,
And read sweet poems whole day long;
Unseen as we lie in our haybuilt home,
O, life is delight when June is come

Edward Hopper

The Circle Theatre 1936

Early Sunday morning 1930

Cape Cod Morning 1950

First Branch of the White River Vermont 1938

Bistro 1909

Night Shadows 1921

Ground Swell 1939

Cape Cod Evening 1939

Rooms for Tourists 1945

Summertime 1943

Seven A.M. 1948

Moonlight Interior 1923

House at Dusk 1935

Drug Store 1927

Chair Car 1965

Summer Evening 1947

House by the Railroad 1925

Railroad Sunset 1929

South Carolina Morning 1955

Room in New York 1932

New York Movie 1939

Morning Sun 1952

Blackwell's Island 1928

Rooms by the Sea 1951

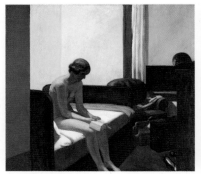

Hotel Room 1931

Room in Brooklyn 1932

Automat 1927

People in the Sun 1960

High Noon 1949

The Bootleggers 1925

New York Restaurant 1922

Office in a Small City 1953

The Long Leg 1930

Blackhead Monhegan 1919

Cobb's Barns and Distant Houses 1930-1933

Corn Hill 1930

Sun in an Empty Room 1963

Eleven A.M. 1926

Sun on Prospect Street(Gloucester, Massachusetts)
1934

Gas 1940

Night Windows 1928

Nighthawks 1942

Cottages at North Truro 1938

Sunlights in Cafeteria 1958

Sheridan Theatre 1937

Two Comedians 1966

Western Motel 1957

Sunlight on Brownstones 1956

Les Deux Pigeons 1920

Summer Interior 1909

Woman in the Sun 1961

6월의 화가와 시인 이야기

고요한 일상의 관찰자,
에드워드 호퍼 이야기

에드워드 호퍼

에드워드 호퍼는 1882년 7월 22일, 미국
뉴욕주 나이액(Nyack)이라는 작은 마을
에서 태어났다. 가족은 독일계와 네덜란
드계 혈통을 지녔으며, 인쇄업을 하던 아
버지 덕분에 책과 예술에 쉽게 접근할 수
있는 환경에서 성장했다. 중산층 가정의
둘째로 태어난 그는 어린 시절부터 조용
하고 내성적인 성격이었으며, 주변 세계
를 관찰하며 그림 그리기를 좋아했다.

호퍼는 열세 살 무렵부터 본격적으로 그림을 배우기 시작했고, 고등
학교를 졸업한 후 뉴욕의 일러스트레이션 학교(New York School of
Illustrating)와 뉴욕 미술학교(New York School of Art)에서 수학했다. 특
히 화가 로버트 헨리(Robert Henri) 밑에서 공부하면서 사실주의의 영향
을 깊게 받았다. 어린 시절의 고독하고 관조적인 성향은 훗날 그의 작
품에 자주 등장하는 '고요한 일상 속의 정적'이라는 주제로 자연스럽게
이어졌다.

도시의 침묵을 담은 초기 작품의 세계

에드워드 호퍼의 초기 작품은 주로 도시의 일상적인 장면과 인물들을
담담하게 묘사하며, 인간의 고독과 내면의 정서를 섬세하게 포착하는
데 중점을 두었다. 그는 유럽 여행을 통해 인상주의와 현대 미술의 다

양한 사조를 접했지만, 곧 자신의 고유한 사실주의 스타일을 확립해나
갔다.

초기에는 삽화가로 활동하며 생계를 유지했지만, 개인 작업에 대한 열
정을 놓지 않았다. 이 시기의 작품들은 비교적 단순한 구성을 지니고
있으면서도, 인물의 고요한 표정과 절제된 색채를 통해 호퍼 특유의 분
위기를 드러낸다.

대표적인 초기작으로는 1925년에 발표한 〈기찻길 옆 집(House by the
Railroad)〉이 있다. 이 작품은 미국 북동부 지방의 고풍스러운 집을 묘
사하고 있는데, 화면에 인물은 없지만 건물 자체가 하나의 주인공처럼
고독하게 자리하고 있다. 이 그림은 에드워드 호퍼의 정체성을 널리
알리는 계기가 되었고, 훗날 앨프리드 히치콕의 영화 〈사이코(Psycho,
1960)〉 속 저택 디자인에도 영향을 주었다고 알려져 있다. 이외에도
〈뉴욕의 방(Room in New York)〉 같은 작품은 인물 간의 거리감과 정적
을 통해 초기부터 그가 탐구한 인간 심리를 보여준다.

6월의 화가와 시인 이야기

Davis House 1926

Soir Bleu 1914

에드워드가 그린 조세핀,
조세핀이 기록한 에드워드

에드워드 호퍼의 삶과 작품에 지대한 영향을 끼친 인물 중 하나는 그의 아내이자 예술가였던 조세핀 호퍼(Josephine Hopper)다. 조세핀은 화가이자 호퍼의 모델, 동반자, 기록자였다. 그녀는 에드워드의 내성적인 성격과는 달리 외향적이고 강한 성격을 지녔으며, 그의 창작 활동에 실질적인 협력자이자 비평가로 자리했다. 호퍼의 많은 작품 속 여성 인물들은 실제로 조세핀이 포즈를 취한 경우가 많았고, 그녀가 남긴 일기와 메모 덕분에 호퍼의 작업 과정과 생각이 지금까지도 생생하게 전해진다. 두 사람은 창작에 있어 긴장감 넘치는 관계를 유지했지만, 그 긴장감이 오히려 예술적 에너지로 전환되기도 했다.

New York Interior 1921

6월의 화가와 시인 이야기

Chop Suey 1929

Hotel Lobby 1943

Hotel by a Railroad 1952

뉴욕에 드리운 그림자,
호퍼가 그린 대공황의 얼굴

1920년대 후반, 에드워드 호퍼는 유럽을 여행하며 프랑스, 스페인, 네덜란드 등의 도시를 방문했다. 파리에서는 특히 인상주의와 후기 인상주의 화가들의 작품을 접하게 되었고, 그 영향은 그의 색채 사용과 빛의 표현 방식에 분명히 드러났다. 하지만 호퍼는 당시 유럽에서 주류로 떠오르던 급진적인 아방가르드나 추상미술에는 거리를 두었고, 자신만의 사실주의적 시선을 유지했다. 그는 유럽 예술에서 받은 자극을 바탕으로 미국의 일상과 정서를 더욱 섬세하고 간결하게 표현하는 방향으로 나아갔다.

1930년대에 들어서며, 미국은 대공황으로 인해 사회 전반에 침체와 불안이 드리우게 된다. 호퍼는 이러한 시대 분위기를 직접적으로 비판하거나 묘사하진 않았지만, 그의 작품은 시대의 정서를 절묘하게 반영한다. 거리에는 사람이 거의 없고, 인물들은 같은 공간에 있어도 서로를 외면하거나 침묵 속에 있다. 이런 장면들은 단순한 '고독'의 이미지가 아니라, 불확실한 시대를 살아가는 사람들의 내면 풍경이다. 〈가스(Gas)〉〈뉴욕 오피스(New York Office)〉〈호텔 창가(Hotel Window)〉 같은 작품들은 산업화 이후의 도시가 만들어낸 단절과 공허함을 조용히 드러낸다. 호퍼는 사회적 해석을 강요하지 않으면서도, 시대의 무게를 시각적으로 체험하게 만드는 독보적인 화가였다.

City Roofs 1932

Hotel Window 1955

New York Office 1962

고요한 시선, 삶의 틈을 그리다

1930년대부터 1940년대는 에드워드 호퍼 예술의 정점이자, 그가 대중적·비평적으로 주목받기 시작한 시기다. 이 시기의 작품들은 한층 더 성숙해진 구도와 정제된 색채를 통해 도시와 교외, 일상 공간 속 인간의 고립감을 극적으로 드러낸다. 특히 그는 창, 빛, 그림자, 거리감을 반복적으로 활용하여 인간 존재의 거리감과 단절을 상징적으로 표현했다. 단순한 풍경이나 인물 묘사에 머물지 않고, 보는 이로 하여금 장면 이면의 이야기와 심리를 유추하게 만드는 '시네마틱'한 화풍이 두드러지기 시작한 것도 이 시기다.

대표작으로는 1942년의 〈밤을 지새우는 사람들(Nighthawks)〉이 있다. 늦은 밤, 뉴욕의 한 식당 안을 묘사한 이 작품은 네 명의 인물이 있음에도 불구하고 깊은 고독과 침묵이 흐른다. 이 작품은 미국 사회의 불안과 개인의 내면을 탁월하게 상징하며, 호퍼의 세계관을 대표하는 명작으로 꼽힌다. 또 다른 중요한 중기작으로는 〈카페테리아의 햇빛(Sunlight in a Cafeteria)〉와 〈밤의 사무실(Office at Night)〉 등이 있으며, 이들 모두 공간과 인물 사이의 미묘한 긴장과 심리적 거리감을 담고 있다.

Office at Night 1940

City Sunlight 1954

삶의 마지막을 향해 가는 고요한 시선

에드워드 호퍼의 후기 작품들은 더욱 절제되고 단순해진 구성 속에서 인간 존재의 고독과 시간의 정적을 깊이 있게 탐구한다. 1950년대부터 1960년대에 걸친 이 시기의 작품은 대체로 느린 속도와 고요한 분위기를 유지하면서, 삶의 마지막을 향해가는 예술가의 시선이 담긴 듯한 명상적인 면모를 드러낸다. 인물의 수는 점점 줄어들고, 공간은 더 비어 있으며, 빛은 더욱 차갑고 날카롭게 표현되곤 했다. 그는 말년까지도 도시의 건물, 해안가의 집, 텅 빈 실내 공간 등을 통해 인간의 소외감을 시적으로 형상화했다.

대표작으로는 1961년의 〈두 광대(Two Comedians)〉이 있다. 무대 위에서 나란히 인사하는 두 인물을 묘사한 이 작품은 호퍼의 마지막 회화로, 자신과 아내 조세핀을 그렸다고 해석된다. 퇴장을 앞둔 예술가의 은유적 작별 인사처럼 읽히는 이 그림은 매우 조용하고도 감동적인 여운을 남긴다. 이 밖에도 〈사우스 캐롤라이나의 아침(South Carolina Morning)〉이나 〈브루클린의 방(Room in Brooklyn)〉 같은 작품은 도시적 고립과 인간 존재의 쓸쓸함을 더욱 간결하고 강하게 전달한다.

Excursion into Philosophy 1959

Intermission 1963

정적 속의 이별, 호퍼의 말년

에드워드 호퍼는 말년에도 꾸준히 작품 활동을 이어갔다. 그러나 건강이 점차 약해지면서 작품 수는 줄어들었고, 표현은 점점 더 간결하고 내면적으로 변해갔다. 그는 뉴욕시 워싱턴 스퀘어 근처의 아틀리에에서 오랜 세월을 지내며 조용한 삶을 유지했으며, 그 공간은 일생 대부분의 대표작들이 탄생한 장소이기도 하다.

호퍼의 말년 작품들에서는 한층 더 고요한 정서와 삶의 유한함에 대한 사색이 느껴진다. 그의 마지막 작품으로 알려진 〈두 광대〉는 무대 위에서 관객에게 마지막 인사를 건네는 두 인물을 그렸으며, 많은 이들은 이 장면을 호퍼와 아내 조세핀의 상징적인 작별로 해석한다.

에드워드 호퍼는 1967년 5월 15일, 뉴욕 자신의 스튜디오에서 84세의 나이로 조용히 세상을 떠났다. 그의 곁에는 평생의 동반자였던 조세핀이 있었다. 조세핀은 에드워드 호퍼가 사망한 다음 해인 1968년에 세상을 떠났고, 두 사람은 나란히 뉴욕 허드슨 강 근처의 그레이스 교회 묘지에 안장되었다.

에드워드 호퍼는 생전에는 종종 과소평가되거나 시대의 흐름과 어긋난 작가로 평가받기도 했지만, 죽음 이후 그의 작품 세계는 더 깊은 주목을 받았고, 오늘날에는 미국 현대미술의 정수로 자리매김하고 있다. 호퍼는 묵묵하게 관찰한 일상의 정적을 통해, 인간 존재의 본질을 끝없이 성찰했던 예술가였다.

6월의 화가와 시인 이야기

Second Story Sunlight 1960

Compartment Car 1938

Sunday 1926

Five A.M. 1937

Lighthouse at Two Lights 1929

6월의 시인들

권환

김명순

김영랑

노자영

박용철

백석

변영로

윤곤강

윤동주

장정심

정지상

정지용

한용운

황석우

로버트 브리지스

미사부로 데이지

오스기 오쓰지

요사 부손

권환

權煥. 1903~1954. 1930년대 초 프로문학의 볼세비키화를 주도한 대표적인 카프 시인이자 비평가다. 본명은 권경완(權景完)이며, 1903년 1월 6일 경남 창원군 진전면 오서리에서 태어났다. 일본 야마가타고등학교를 거쳐, 1927년 일본 교토제국대학 독문학과를 졸업하였다. 대학 재학 중 사상 관계로 일본경찰에 검거되기도 했다.

1925년 일본 유학생잡지 〈학조(學潮)〉에 작품을 발표하였고, 1929년 『학조』필화사건으로 또 다시 구속되었다. 이 시기 일본 유학중인 김남천, 안막, 임화 등과 친교를 맺으며 카프동경지부인 무신자사에서 활약하는 등 진보적 지식인의 면모를 보였다.

1930년 임화 등과 함께 귀국, 이른바 카프(KAPF)의 소장파로서 구카프계인 박영희, 김기진 등을 따돌리고 카프의 주도권을 장악하였고, 〈가랴거든 가거라〉(조선지광, 1930. 3) 〈머리를 땅까지 숙일 때까지〉(음악과 시, 1930. 8) 등 목적일변도의 시와 〈무산예술운동의 별고와 장래의 전개책〉 〈조선예술운동의 당면한 구체적 과정〉 등 강경 계급문학적 비평을 발표하여 등단하는 한편 『카프시인집』(1931)에도 참여함으로써 1930년대 볼세비키 예술운동의 주도적인 인물로 부상하였다.

1931년 카프 1차 검거 때 피체되어 불기소처분을 받았고, 1935년 제3차 검거 때는 유죄판결을 받았으나 집행유예로 석방되었다. 이 시기 중외일보, 조선일보 등의 기자와 조선여자의 학강습소 강사, 김해농장원, 경성제대 도서관 사서 등을 전전하다가 해방직전에 첫 시집『자화상(自畵像)』(1943)과『윤리(倫理)』(1944)를 발간하였다.

해방 후에 그는 조선프롤레타리아 예술동맹 및 조선문학가동맹의 중앙집행위원을 맡는 등 프로측 문인으로 활약하면서, 시집 『동결(凍結)』 (1946)을 펴냈다.

6·25직전까지 마산에서 교편을 잡았으며, 프로문인들의 대거 월북에도 편승하지 못하고 있다가 1954년 7월 30일 마산 요양소에서 폐병으로 사망하였다.

김명순

金明淳. 1896~1951. 우리나라 최초의 여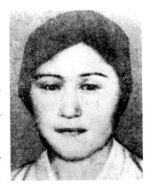
성 소설가다. 1896년 평안남도 평양에서
태어났다. 아버지는 명문이며 부호인 김
가산이고, 어머니는 그의 소실이었다. 그
러나 어린 나이에 부모를 여의고 고아로
자랐다.

1911년 서울에 있는 진명(進明)여학교를
다녔고 동경에 유학하여 공부하기도 했
다. 그녀는 봉건적인 가부장적 제도에 환멸을 느끼게 되며 이는 그녀의
이후 삶과 작품에 지대한 영향을 미치게 된다. 전통적인 남녀 간의 모
순적 관계를 극복하는 새로운 연애를 갈망했으며 남과 여의 주체적인
관계만이 올바르다고 생각했다. 이 시기에 〈청춘(靑春)〉의 현상문예에
단편소설 「의심의 소녀」가 당선되어 문단에 데뷔하였다. 「의심의 소녀」
는 전통적인 남녀관계에서 결혼으로 발생하는 비극적인 여성의 최후
를 그려내는 작품이며 이 작품을 통해 여성해방을 위한 저항정신을 표
현하였다.

그 후에 탄실(彈實) 또는 망양초(望洋草)라는 필명으로 단편소설 「칠면
조(七面鳥)」(1921) 「돌아볼 때」(1924) 「탄실이와 주영이」(1924) 「꿈 묻는
날 밤」(1925)과 시 〈동경(憧憬)〉 〈옛날의 노래여〉 〈창궁(蒼穹)〉 〈거룩한
노래〉 등을 발표했다. 1925년에는 시집 『생명의 과실(果實)』을 출간하
며 주목을 받고 활발한 활동을 보였으나, 그 후 일본 동경에 가서 작품

도 쓰지 못하고 가난에 시달리다 복잡한 연애 사건으로 정신병에 걸려 사망했으며 그녀의 죽음에 관해서는 정확하게 알려진 내용이 없다. 김동인(金東仁)의 소설 『김연실전』의 실제 모델로 알려진 개화기의 신여성이다.

김영랑

金永郎. 1903~1950. 시인이자 독 립운동가다. 본관은 김해(金海). 본명은 김윤식(金允植). 영랑은 아호인데 〈시문학(詩文學)〉에 작 품을 발표하면서부터 사용하기 시작했다. 1903년 전라남도 강

진에서 태어났다. 강진보통학교를 졸업한 후 1917년 휘문의숙에 입학 했지만 1919년 3·1운동 때 학교를 그만두고 강진에서 만세운동을 벌일 계획을 세우다 체포되었다. 징역 1년 형을 받고 투옥되었지만, 실제 만 세운동을 벌이지 않았다는 이유로 무죄를 선고받았다. 이후 1920년 일 본 유학길에 올라 아오야마학원에서 영문학을 공부했다. 일본에서 유 학하며 아나키스트이자 사회운동가인 박열과 교류했다. 1923년 관동 대지진이 일어나면서 학업을 중단하고 귀국했다.

1930년 정지용, 박용철 등과 함께 〈시문학〉 동인에 가입하며 본격적인 작품 활동을 시작했다. 초기 시는 1935년 박용철에 의하여 발간된 『영 랑시집』 초판의 수록시편들이 해당되는데, 여기서는 자연에 대한 깊은 애정이나 인생을 바라보는 태도에서의 역정(逆情)·회의 같은 것은 찾아 볼 수 없다. '슬픔'이나 '눈물'의 용어가 수없이 반복되면서 그 비애의식 은 영탄이나 감상에 기울지 않고, '마음'의 내부로 향하며 정감의 극치 를 이루고 있다. 김영랑의 초기 시는 같은 시문학동인인 정지용 시의 감각적 기교와 더불어 그 시대 한국 순수시의 극치를 보여주고 있다.

김영랑은 특히 서정시의 대표적인 시인으로, 그의 작품은 감성적이고, 아름다운 언어로 민족적 정서를 표현하는 데 집중했다. 그의 시에는 자연과 인간, 사랑과 이별, 그리고 고향에 대한 향수가 깊이 묻어난다. 대표적인 작품으로는 〈모란이 피기까지는〉〈나그네〉〈춘원〉〈별〉〈시인의 시〉 등이 있다. 특히 〈모란이 피기까지는〉은 김영랑의 대표적인 시로, 사랑과 기다림, 그리고 삶에 대한 깊은 성찰이 녹아 있는 작품이다.

김영랑은 문학적인 성향상, 전통적인 한국 시의 양식을 고수하면서도, 그 안에 근대적 감각을 녹여내고자 했다. 그는 민족의 정서를 현대적이고 미학적인 방식으로 풀어내는 데 집중했다. 이러한 특성 덕분에 김영랑은 한국 문학사에서 중요한 역할을 하게 되었다.

1940년을 전후하여 민족항일기 말기에 발표된 〈거문고〉〈독(毒)을 차고〉〈망각(忘却)〉〈묘비명(墓碑銘)〉 등의 후기 시에서는 그 형태적인 변모와 함께 인생에 대한 깊은 회의와 '죽음'의 의식이 나타나 있다.

김영랑은 1950년 한국전쟁 당시 서울에서 포탄 파편에 맞아 48세에 사망했다.

노자영

盧子泳. 1898~1940. 시인이자 작가다. 호
는 춘성(春城)이며, 출생지는 황해도 장연
또는 송화군으로 전해지고 있지만 정확한
것은 알 수가 없다.

평양 숭실중학교에 입학하여 신문학을 접
하면서 톨스토이, 하이네, 보들레르 등을
탐독했다. 졸업 후에는 고향의 양재학교에
서 교편생활을 한 적이 있으며, 문학에 대한 열정도 계속되어 낮에는
학생들을 가르치고 밤에는 글을 썼다.

1919년 상경하여 한성도서주식회사에 입사하여 〈학생계〉와 〈서울〉지
의 기자로 활동했다. 이 시기에 같은 잡지에 시를 발표하기 시작했다.
1935년에는 조선일보 출판부에 입사하여 〈조광(朝光)〉지를 맡아 편집
하였다. 1938년에는 기자 생활을 청산하고 청조사(靑鳥社)를 직접 경영
한 바 있다.

노자영의 시는 낭만적 감상주의로 일관되고 있으나 때로는 신선한 감
각을 보여주기도 한다. 산문에서도 소녀 취향의 문장으로 명성을 떨쳤
다. 『처녀의 화환』(1924) 『내 혼이 불탈 때』(1928) 『백공작』(1938) 등의 시
집과 『청춘의 광야』(1924) 『표박(漂泊)의 비탄』(1925) 『사랑의 불꽃: 연애
서간』(1931) 『나의 화환-문예미문서간집』(1939) 등의 문집, 그리고 『반
항』(1923) 『무한애의 금상』(1925) 등의 소설집을 출간했다.

박용철

朴龍喆. 1904~1938. 시인이자 문학평론
가, 번역가 등으로 활동했다. 전라남도 광
산군(현 광주광역시 광산구)에서 출생하였
다. 배재고등보통학교를 거쳐 일본 도쿄
아오야마 학원(靑山學園)과 연희전문에서
수학했다.

일본 유학 중 시인 김영랑과 교류하며
1930년 〈시문학〉을 함께 창간해 등단했
다. 1931년 〈월간문학〉, 1934년 〈문학〉 등을 창간해 순수문학 계열로
활동했다. "나 두 야 간다/나의 이 젊은 나이를/눈물로야 보낼거냐/나
두 야 가련다"로 시작되는 대표작 〈떠나가는 배〉 등 시작품은 초기작이
고, 이후로는 주로 극예술연구회의 회원으로 활동하며 해외 시와 희곡
을 번역하고 평론을 발표하는 방향으로 관심을 돌렸다.

1938년 결핵으로 사망해 자신의 작품집은 생전에 내보지 못했다. 사망
1년 후 『박용철 전집』이 시문학사에서 간행됐다. 전집의 전체 내용 중
번역이 차지하는 부분이 절반이 넘어, 박용철의 번역 문학에 대한 관심
을 알 수 있다. 괴테, 하이네, 릴케 등 독일 시인의 시가 많았다. 번역 희
곡으로는 셰익스피어의 『베니스의 상인』, 헨리크 입센의 『인형의 집』
등이 있다. 극예술연구회 회원으로 활동하며 번역한 작품들이다.

박용철은 1930년대 문단에서 임화와 조선프롤레타리아예술가동맹으
로 대표되는 경향파 리얼리즘 문학, 김기림으로 대표되는 모더니즘 문

학과 대립해 순수문학이라는 흐름을 이끌었다. 김영랑, 정지용, 신석정, 이하윤 등이 같은 시문학파들이다.

박용철의 시는 김영랑이나 정지용과 비교해 시어가 맑거나 밝지는 않은 대신, 서정시의 바탕에 사상성이나 민족의식이 깔려 그들의 시에서는 없는 특색이라는 평가가 있다. 그는 릴케와 키에르케고르의 영향을 받아 회의·모색·상징 등이 주조를 이룬다.

광주에 생가가 보존돼 있고 광주공원에는 〈떠나가는 배〉가 새겨진 시비도 건립되어 있다. 매년마다 광주광역시 광산구에서는 용아예술제를 열고 있다.

백석

白石. 1912~1996. 일제 강점기와 조선민주주의인민공화국의 시인이자 소설가, 번역문학가이다. 본명은 백기행(白夔行)이며 본관은 수원(水原)이다. '白石(백석)'과 '白奭(백석)'이라는 아호(雅號)가 있었으나, 작품에서는 거의 '白石(백석)'을 쓰고 있다.

평안북도 정주(定州) 출신. 오산고등보통학교를 마친 후, 일본에서 1934년 아오야마학원 전문부 영어사범과를 졸업하였다. 부친 백용삼과 모친 이봉우 사이의 3남 1녀 중 장남으로 출생했다. 부친은 우리나라 사진계의 초기 인물로 〈조선일보〉의 사진반장을 지냈다. 모친 이봉우는 단양군수를 역임한 이양실의 딸로 소문에 의하면 기생 내지는 무당의 딸로 알려져 백석의 혼사에 결정적인 지장을 줄 정도로 당시로서는 심한 천대를 받던 천출의 소생으로 알려져 있다. 1930년 〈조선일보〉 신년현상문예에 1등으로 당선된 단편소설 〈그 모(母)와 아들〉로 등단했고, 몇 편의 산문과 번역소설을 내며 작가와 번역가로서 활동했다. 실제로는 시작(時作) 활동에 주력했으며, 1936년 1월 20일에는 그간 〈조선일보〉와 〈조광(朝光)〉에 발표한 7편의 시에, 새로 26편의 시를 더해 시집 『사슴』을 자비로 100권 출간했다. 이 무렵 기생 김진향을 만나 사랑에 빠졌고 이때 그녀에게 '자야(子夜)'라는 아호를 지어주었다. 이후 1948년 〈학풍(學風)〉

창간호(10월호)에 〈남신의주 유동 박시봉방(南新義州 柳洞 朴時逢方)〉을 내놓기까지 60여 편의 시를 여러 잡지와 신문, 시선집 등에 발표했으나, 분단 이후 북한에서의 활동은 정확히 알려진 것이 없다. 백석은 자신이 태어난 마을과 마을 사람들 그리고 주변 자연을 대상으로 시를 썼다. 작품에는 평안도 방언을 비롯하여 여러 지방의 사투리와 고어를 사용했으며 소박한 생활 모습과 철학적 단면이 시에 잘 드러나 있다. 그의 시는 한민족의 공동체적 친근감에 기반을 두었고 작품의 도처에는 고향의 부재에 대한 상실감이 담겨 있다.

변영로

卞榮魯. 1898~1961. 대한민국의 시인
이며 동아일보 기자, 성균관대학교 영
문과 교수 등을 역임한 영문학자다.
본관은 밀양(密陽)이다. 본명은 변영
복(卞榮福)이었으나, 나중에는 영로(榮
魯)라는 이름을 주로 썼고, 61세가 되
던 1958년이 되어서야 변영로로 정식
개명하였다. 호는 수주(樹州)다.

계동보통학교를 졸업하고, 1910년 사
립 중앙학교에 입학하였으나 1912년 중퇴하였다. 1915년 조선중앙기
독교청년회학교 영어반에 입학하여 3년 과정을 6개월 만에 마쳤다.
1918년 〈청춘(靑春)〉에 영시 〈코스모스(Cosmos)〉를 발표하면서부터
시인으로 활동하였다. 1919년에는 독립선언서를 영문으로 번역하였
다. 1920년에 〈폐허(廢墟)〉, 1921년에는 〈장미촌(薔薇村)〉 동인으로 참
가하였으며, 〈신민공론(新民公論)〉 주필을 지냈다. 신문학 초창기에 등
장한 신시(新詩)의 선구자로서, 압축된 시구 속에 서정과 상징을 담은
기교를 보였다. 대표작으로는 1922년 〈신생활〉에 발표한 〈논개〉 등이
있다.
이화여자전문학교 강사, 동아일보 기자, 잡지 〈신가정〉 주간, 성균
관대학교 영문과 교수, 해군사관학교 영어교관 등을 역임하였다.
1961년 3월 14일 인후암으로 사망하였다.

윤곤강

尹崑崗, 1911~1949. 일제강점기의 시
인이자 문학평론가다. 1911년 충청남
도 서산에서 태어났으며, 본명은 윤붕
원(尹朋遠), 아명은 윤명원(尹明遠)이
다. 1930년 보성고등보통학교를 졸업
한 뒤 같은 해 혜화전문학교(지금의 동
국대학교)에 입학했다가 중퇴했다. 이
후 1933년 일본으로 갔으며, 1935년
센슈대학교 법철학과를 졸업했다.

1936년 〈시학(詩學)〉 동인의 한 사람으로 문단에 등장했다. 초기에는
카프(KAPF)파의 한 사람으로 시를 썼으나 곧 암흑과 불안, 절망을 노래
하는 퇴폐적 시풍을 띠게 되었고 풍자적인 시를 썼다. 윤곤강의 시는
초기에 하기하라 사쿠타로와 보들레르의 영향을 받았고, 해방 후에는
전통적 정서에 대한 애착과 탐구로 기울어지기 시작했다.

윤곤강의 작품세계는 크게 해방 전과 후로 나뉜다. 초기 시집에서는 식
민지 지식인의 허탈함과 무력함을 담은 고통스러운 현실을 노래했다.
해방 이후에는 전통을 계승하고 민족 정서를 탐구하고자 하며 새로운
시도를 했다.

동인지 〈시학〉을 주간하였으며, 출간한 시집으로는 첫 시집 『대지』
(1937)를 비롯해 『만가』(1938) 『동물시집』(1939) 『빙화』(1940) 『살어리』
(1948) 등이 있고, 시론집으로 『시와 진실』(1948)이 있다.

윤동주

尹東柱. 1917~1945. 일제강점기의 저항(항일) 시인이자 독립운동가다. 아명은 해환(海煥). 만주 북간도의 명동촌에서 태어났으며, 기독교인인 할아버지의 영향을 받았다. 1931년(14세)에 명동소학교를 졸업하고, 한때 중국인 관립학교인 대랍자(大拉子)소학교를 다니다 가족이 용정으로 이사하자 용정에 있는 은진중학교에 입학했다.

1935년에 평양의 숭실중학교로 전학하였으나, 학교에 신사참배 문제가 발생하여 폐쇄당하고 말았다. 다시 용정에 있는 광명학원의 중학부로 편입하여 거기서 졸업했다. 1941년에는 서울의 연희전문학교 문과를 졸업하고, 일본으로 건너가 도쿄에 있는 릿쿄 대학 영문과에 입학했다가, 다시 1942년, 도시샤 대학 영문과로 옮겼다. 1943년 7월 학업 도중 귀향하려던 시점에 항일운동을 했다는 혐의로 일본 경찰에 체포되어 2년 형을 선고받고 후쿠오카 형무소에서 복역했다. 그러나 복역 중 건강이 악화되어 1945년 2월에 생을 마감하고 말았다. 유해는 그의 고향 용정에 묻혔다. 한편, 그의 죽음에 관해서는 옥중에서 정체를 알 수 없는 주사를 정기적으로 맞은 결과이며, 이는 일제의 생체실험의 일환이었다는 주장도 제기되고 있다.

15세 때부터 시를 쓰기 시작하여 첫 작품으로 〈삶과 죽음〉 〈초한대〉를 썼다. 발표 작품으로는 만주 연길에서 발간된 잡지 〈가톨릭 소년〉에 실린 동시 〈병아리〉(1936. 11) 〈빗자루〉(1936. 12) 〈오줌싸개 지도〉(1937. 1) 〈무얼 먹구사나〉(1937. 3) 〈거짓부리〉(1937. 10) 등이 있다. 연희전문학교 시절 작품으로는 〈조선일보〉에 발표한 산문 〈달을 쏘다〉, 교지 〈문우〉에 게재된 〈자화상〉 〈새로운 길〉이 있다. 그의 유작인 〈쉽게 쓰여진 시〉는 사후인 1946년 〈경향신문〉에 게재되기도 했다.

윤동주의 대표작으로는 〈서시〉 〈별 헤는 밤〉 〈자화상〉 등이 있으며, 그 중에서도 〈서시〉는 그의 철학적이고 민족적 고뇌를 잘 나타낸 작품으로, 현재까지도 많은 사람들이 기억하는 명작으로 꼽힌다. 이 시는 자기 자신을 고백하는 형식으로 시작되며, 일제의 압박 속에서 자아를 찾고자 하는 고독한 내면의 목소리를 담고 있다.

윤동주의 절정기에 쓰인 작품들을 1941년 연희전문학교를 졸업하던 해에 '하늘과 바람과 별과 시'라는 제목으로 발간하려 하였으나 뜻을 이루지 못했다. 그의 자필 유작 3부와 다른 작품들을 모아 친구 정병욱과 동생 윤일주가, 사후에 그의 뜻대로 1948년, 『하늘과 바람과 별과 시』라는 제목으로 출간했다. 29년의 짧은 생애를 살았지만 특유의 감수성과 삶에 대한 고뇌, 독립에 대한 소망이 서려 있는 작품들로 인해 대한민국 문학사에 길이 남은 전설적인 문인이다. 2017년 12월 30일, 탄생 100주년을 맞이했다.

장정심

張貞心. 1898~1947. 일제강점기의 시
인이자 독립운동가다. 1898년 개성에
서 태어났다. 호수돈여자고등보통학
교를 마치고 서울로 와서 이화학당유
치사범과와 협성여자신학교를 졸업
하고 감리교여자사업부 전도사업에
종사했다.

1927년경부터 시를 쓰기 시작하여 많
은 작품을 신문과 잡지에 발표했다. 기독교계에서 운영하는 잡지 〈청
년(靑年)〉에 발표하면서부터 등단했다. 1933년 한성도서주식회사에서
간행한 『주(主)의 승리(勝利)』는 그의 첫 시집으로 신앙생활을 주제로
하여 쓴 단장(短章)으로 엮었다. 1934년 경천애인사(敬天愛人社)에서
출간된 제2시집 『금선(琴線)』은 서정시·시조·동시 등으로 구분하여 200
수 가까운 많은 작품을 수록하고 있다.

그녀의 시는 서정적이고 감성적이며, 자아의 내면과 여성적 정서를 중
심으로 한 작품들이 많다. 또한, 근대화와 전쟁, 여성의 삶에 대한 고찰
을 시로 풀어내며, 한국 문학에서 여성의 목소리를 더욱 선명하게 표현
한 시인으로 평가된다. 독실한 신앙심을 바탕으로 한 맑고 고운 서정성
의 종교시를 씀으로써 선구자적 소임을 다한 시인으로 높이 평가되고
있다.

6월의 화가와 시인 이야기

정지상

鄭知常. ?~1135. 고려 중기의 관료이자 시인이다. 서경(西京) 출신으로 초명은 지원(之元), 호는 남호(南湖)이다.

고려와 조선에 사신으로 온 중국 사신들이 소국의 잡문이라며 고려와 조선 문인들이 쓴 시나 시조를 비웃었지만 정지상이 쓴 시만은 감탄하고 정지상의 시와 글을 적어서 가져갔다고 할 정도로 천재 문학가였다. 그래서 항상 사신 접대할 때는 정지상의 시로 사신이 머무는 곳을 도배했다고 할 정도다. 『정사간집(鄭司諫集)』이라는 그의 작품집이 있었다고 하나 전해지지 않는다.

정지용

鄭芝溶. 1902~1950. 대한민국의 대
표적 서정 시인이다. 충청북도 옥천
군에서 태어났다. 연못의 용이 하늘
로 올라가는 태몽을 꾸었다고 하여
아명은 지룡(池龍)이라고 했다. 당시
풍습에 따라 열두 살에 송재숙과 결
혼했으며, 1914년 아버지의 영향으로
로마 가톨릭에 입문하여 '방지거(方
濟各, 프란치스코)'라는 세례명을 받았
다. 옥천공립보통학교와 휘문고등보
통학교를 졸업했고, 일본의 도시샤대학에서 영문학을 공부했다. 1926
년 〈학조〉 창간호에 「카페·프란스」를 발표하면서 등단했다.

정지용은 섬세하고 독특한 언어를 구사하며, 생생하고 선명한 대상 묘
사에 특유의 빛을 발하는 시인이다. 한국현대시의 신경지를 열었다는
평가를 받고 있으며, 이상을 비롯하여 조지훈·박목월 등과 같은 청록파
시인들에게 영향을 주었다. 그는 휘문고보 재학 시절 〈서광〉 창간호에
소설 〈삼인〉을 발표하였으며, 일본 유학시절에는 대표작이 된 〈향수〉
를 썼다. 1930년에 시문학 동인으로 본격적인 문단 활동을 했고, 구인
회를 결성하고, 문장지의 추천위원으로도 활동했다. 해방 이후 〈경향
신문〉의 주간으로 일하며 대학에도 출강했는데, 이화여대에서는 라틴
어와 한국어를, 서울대에서는 시경을 강의했다.

1950년 한국전쟁이 일어난 뒤에는 김기림·박영희 등과 함께 서대문형무소에 수용되었고, 이후 납북되었다가 사망했다. 사망 장소와 시기는 정확히 확인되지 않았는데, 1953년 평양에서 사망했다고 알려져 있다. 정지용은 서정적이고 감각적인 표현, 자연과 인간의 관계, 민족적 정서와 고전적 미학을 현대적 감각으로 풀어낸 시인으로, 한국 현대 시의 큰 기초를 닦았으며, 그의 문학적 특징은 오늘날까지 많은 이에게 영향을 미쳤다. 정지용의 시에서 가장 중요한 주제 중 하나는 자연과 인간을 하나로 엮는 것이다. 그는 자연과 인간의 융합을 통해 삶의 의미와 본질을 풀어냈으며, 자연의 변화를 통해 인간의 삶에 대한 성찰과 깨달음을 표현하려 했다. 특히 그의 대표작 〈향수〉에서는 자연과 인간의 감정이 유기적으로 결합되어 하나의 독특한 시적 세계를 만들어냈다.

주요 저서로는 『정지용 시집』(1935) 『백록담』(1941) 『지용문학독본』(1948) 『산문』(1949) 등이 있다. 정지용의 고향 충북 옥천에서는 매년 5월에 지용제를 개최하고 있으며, 1989년부터는 시와 시학사에서 정지용문학상을 제정하여 매년 시상하고 있다.

한용운

韓龍雲. 1879~1944. 일제강점기의 작가이자 승려, 독립운동가다. 본관은 청주, 호는 만해(萬海)이며, 충청도 결성현(지금의 충청남도 홍성군)에서 태어났다. 불교를 통해 혁신을 주장하며 언론 및 교육 활동을 했다. 무능한 불교 개혁과 불교의 현실 참여를 주장했으며, 그 대안으로 '불교사회개혁론'을

주장했다. 1918년 11월에는 불교 최초의 잡지인 〈유심〉을 발행했다. 1919년 3월 1일 만세운동 당시 민족대표 33인 중 한 사람이며, 독립선언을 하여 체포당한 뒤 서대문형무소에서 3년간 복역했다.

한용운은 작품에서 퇴폐적인 서정성을 배격하였으며 조선의 독립 또는 자연을 부처에 빗대어 '님'으로 형상화하여 고도의 은유법을 구사했다. 1918년 〈유심〉에 시를 발표하였고, 1926년 〈님의 침묵〉 등의 시를 발표했다. 〈님의 침묵〉에서는 기존의 시와 시조의 형식을 깬 산문시 형태로 시를 썼다. 소설가로도 활동하여 1930년대부터는 장편소설 『흑풍(黑風)』『철혈미인(鐵血美人)』『후회』『박명(薄命)』단편소설 「죽음」등을 비롯한 몇 편의 장편, 단편 소설들을 발표했다.

1931년 김법린 등과 청년승려비밀결사체인 만당(卍黨)을 조직하고 당수로 취임했다. 만당은 청년 승려들이 주도하여 조선불교의 자립적 방향과 민족 해방을 위한 비밀 결사체로 결성되었다. 당시 한국의 불교는 일제의 억압과 통제를 받으면서도, 불교계 일부에서는 종교적 독립뿐만 아니라 민족 독립을 위한 노력이 필요하다고 느꼈다. 그리하여 만당은 불교 승려들로서 민족 해방을 위한 독립운동과 불교의 개혁을 목표로 삼았다. 한용운은 교우관계에 있어서도 좋고 싫음이 분명하여, 친일로 변절한 시인들에 대해서는 막말을 하는가 하면 차갑게 모른 체했다고 한다.

황석우

黃錫禹. 1895~1959. 대한민국의 시인이다. 아호는 상아탑(象牙塔)이며, 서울에서 출생하였다. 일본 와세다대학(早稻田大學) 정경학부에서 수학하였다. 1920년 〈폐허〉, 1921년 〈장미촌〉의 창단동인으로 활동하였으며, 1928년에는 〈조선시단〉을 주재, 발행하기도 하였다. 광복 후에는 한때 교육계에 투신하여 국민대학 교수를 지낸 바 있다.

대학 재학시절에 일본 잡지에 글을 발표하였다고 하나 정확하지는 않다. 우리 문단에 처음 등장한 것은 1919년 〈매일신보〉에 〈시화(詩話)〉(9월) 〈조선시단의 발족점(發足點)과 자유시(自由詩)〉(11월) 등의 평론을 발표하면서부터였다.

그러나 본격적으로 문단 활동을 시작한 것은 오상순·남궁벽·김억·변영로 등과 함께 〈폐허〉를 창간하여, 그 창간호에 〈석양은 꺼지다〉 〈망모(亡母)의 영전(靈前)에 받드는 시(詩)〉 〈벽모(碧毛)의 묘(猫)〉 〈태양의 침몰〉 등의 시 10편 및 상징주의 문학을 소개한 평론 「일본시단의 2대경향」을 발표하면서부터였다.

특히, 그의 시 중 〈벽모의 묘〉는 상징파 시의 영향을 받은 것으로 평가되고 있다. 그는 스스로 초창기의 한국 근대시단의 기수로 자처하였으나, 우리말 사용 및 시어 선택은 매우 서투른 면을 보여주고 있다.

〈태양의 침몰〉은 그의 초기 대표작으로 일컬어지는 시임에도 불구하고, 이와 같은 시어의 조야성(粗野性)을 여실히 드러내고 있다.

1929년에는 그의 유일한 시집인 『자연송』 및 무명의 여러 문학 청년들의 작품을 모은 『청년시인백인집』을 낸 바 있다. 시집 『자연송』은 제목에서도 암시되고 있듯이, 태양·달·별 등 천체나 꽃·이슬과 같은 자연물들을 주된 소재로 택하고 있다는 점에서 독특한 면을 보여준다.

황석우는 우리 문학사에 있어서 〈폐허〉와 〈장미촌〉 창단 동인으로서 중요한 위치를 점하고 있으며, 한때 그의 작품에 퇴폐적인 어휘가 많이 쓰인 것으로 인하여, 그를 세기말적 분위기에 싸인 〈폐허〉 동인의 대표 격으로 평가하기도 한다.

로버트 브리지스

Robert Seymour Bridges. 1844~1930. 의사 출신이자 1913년부터 1930년까지 계관시인(영국 국왕이 임명하는 명예직)을 지낸 영국의 시인이다. 영국 켄트주 월머의 지주 집안에서 태어나 이튼 칼리지(Eton College)와 옥스퍼드의 코퍼스 크리스티 칼리지(Corpus Christi College)에서 공부했다. 브리지스는 40세가 될 때까지 의사생활을 한 뒤 은퇴하여 시를 쓸 계획으로 런던의 세인트 바솔로뮤 병원(St Bartholomew's Hospital)에서 의학을 공부했고, 외과의사로서 런던의 여러 병원에서 일했다.

은퇴 전부터 계속 글을 써왔으며 1873년 첫 시집을 출간하기도 했다. 1885년, 폐 질환으로 은퇴한 뒤에는 글쓰기와 문학 연구에 전념했다. 브리지스는 당시 시의 흐름과는 다소 동떨어진 시를 썼지만, 그의 시에는 절제미, 순수함, 섬세함, 강렬한 표현력 등이 느껴져 특정 계층에 큰 영향을 미쳤다. 또한 독특한 운율을 담고 있는 것도 브리지스 시의 특징이다.

대표작으로는 1890년 출간된 『단편시집(Shorter Poems)』 『시선집(Poetical Works)』(6권, 1898~1905) 등이 있다.

미사부로 데이지

彌三良低耳. 미사부로 데이지는 마쓰오 바쇼의 〈오쿠로 가는 작은 길
(奧の細道)〉에 하이쿠 한 편이 실렸을 뿐, 지방 상인이라는 것 외에는 알
려진 바가 없다.

오스가 오쓰지

大須賀乙字. 1881~1920. 일본의 하이쿠 시인이다. 1908년 도쿄 대학 재학 중에 발표한 〈하이쿠 계의 새로운 추세〉로 작가로서 이름을 높였다. 40세에 요절했기 때문에 작가로서의 활동 기간은 10년 남짓에 불과하다. 헤키고토의 이론을 수용하여, 정형을 파괴하는 신경향 하이쿠와 후의 자유 율법 하이쿠, 신흥 하이쿠에 큰 영향을 주었다.

6월의 화가와 시인 이야기

요사 부손

与謝蕪村. 1716~1784. 에도 시대의 하이쿠 시인이다. 본명 다니구치 노부아키. 요사 부손은 고바야시 잇사, 마쓰오 바쇼와 함께 하이쿠의 3대 거장으로 분류된다. 일본식 문인화를 집대성한 화가이기도 하다.

예술가가 되기 위하여 집을 떠나 여러 대가들에게 하이쿠를 배웠다. 회화에서는 하이쿠의 정취를 적용해 삶의 리얼리티를 해학적으로 표현했으며, 하이쿠에서는 화가의 시선으로 사물을 섬세하게 묘사해 아름답고 낭만적이면서도 생생하게 시작을 했다. 평소에 마쓰오 바쇼를 존경하여, 예순의 나이에 편찬한『파초옹부합집(芭蕉翁附合集)』의 서문에 "시를 공부하려면 우선 바쇼의 시를 외우라."고 적었다.

부손에게 하이쿠와 그림은 표현 양식만이 다를 뿐 자신의 감성을 표출하는 수단이었다. 그가 남긴 그림〈소철도(蘇鐵圖)〉는 중요지정문화재이며, 교토의 야경을 그린〈야색루태도(夜色樓台圖)〉도 유명하다. 이케 다이가와 공동으로 작업한〈십편십의도(十便十宜圖)〉역시 대표작으로 꼽힌다.

Saltillo Mansion 1943

Table for Ladies 1930

열두 개의 달 시화집 플러스 六月

이파리를 흔드는 저녁바람이

초판 1쇄 인쇄 2025년 5월 20일
초판 1쇄 발행 2025년 6월 1일

시인 윤동주 외 17명
화가 에드워드 호퍼
발행인 정수동
편집주간 이남경
편집 김유진
표지 디자인 Yozoh Studio Mongsangso

발행처 저녁달
출판등록 2017년 1월 17일 제406-2017-000009호
주소 경기도 파주시 문발로 142 니은빌딩 304호
전화 02-599-0625
팩스 02-6442-4625
이메일 book@mongsangso.com
인스타그램 @eveningmoon_book
ISBN 979-11-89217-55-6   04800
세트 ISBN 979-11-89217-46-4   04800